Table des matières

I. Préface

« Je vous souhaite des rêves à n'en plus finir et l'envie furieuse d'en réaliser quelques uns. Je vous souhaite d'aimer ce qu'il faut aimer et d'oublier ce qu'il faut oublier. Je vous souhaite des passions, je vous souhaite des silences. Je vous souhaite des chants d'oiseaux au réveil et des rires d'enfants. Je vous souhaite de respecter les différences des autres, parce que le mérite et la valeur de chacun sont souvent à découvrir. Je vous souhaite de résister à l'enlisement, à l'indifférence et aux vertus négatives de notre époque. Je vous souhaite enfin de ne jamais renoncer à la recherche, à l'aventure, à la vie, à l'amour, car la vie est une magnifique aventure et nul de raisonnable ne doit y renoncer sans livrer une rude bataille. Je vous souhaite surtout d'être vous, fier de l'être et heureux, car le bonheur est notre destin véritable. »

Jacques Brel, 1er janvier 1968, europe 1

II. Introduction

178 jours. 178 que j'ai retrouvé ma liberté, que ma vie a changé. 178 jours que j'apprends à être moi-même.

On ne peut pas dire que j'ai eu une enfance malheureuse. Je n'ai jamais manqué de rien, si ce n'est de l'attention d'un père. Mes parents se sont séparés lorsque j'avais 6 ans, une déchirure que je n'ai jamais vraiment acceptée. Cela fait cinq ans qu'avec ma sœur nous regardons notre père se détruire à petit feu sans pouvoir rien y faire. Et cinq ans que ma mère essaie de combler le vide. Qu'est-ce que je l'admire, ma mère.

Après de longues années d'adolescence, où mes seuls échappatoires étaient la scarification et l'auto destruction, j'ai décidé d'être utile aux autres en me lançant dans des études d'infirmière. Un choix que je ne regrette nullement, car il m'apporte l'infime sentiment de servir à quelque chose sur cette planète et l'unique sourire d'un patient suffit à me rappeler pourquoi j'ai choisi ce métier.

Ce manque d'amour paternel a provoqué chez moi un insatiable besoin d'amour. J'ai enchaîné les défaites amoureuses. La dernière s'est terminée il y a 178 jours. Une histoire fusionnelle et destructrice qui m'a une nouvelle fois mise à terre lorsqu'il a décidé de partir. Je me suis mis à ne plus manger, mon sommeil se réduisait à 3 ou 4 heures par nuit, je pleurais sans savoir pourquoi et ne désirais voir personne. Mes études ne m'intéressaient plus et je n'avais qu'une seule idée en tête : le retrouver. Cet état a duré pratiquement un mois. Je ne pensais pas m'en sortir.

Jusqu'au jour où, en me réveillant, j'ai été submergée par un sentiment de colère envers moi-même. Je me suis dit : tu es en bonne santé, tu marches, tu peux faire du sport, tu es entourée de gens que tu aimes et qui t'aiment en retour. Je me suis alors reprise en main. J'ai choisi la vie.

J'ai commencé par lister tous mes rêves jusqu'au plus fou afin de les réaliser prochainement. Je me suis mise au sport. D'abord à la course à pied, que j'ai détesté pendant de longs mois avant que je m'apercoive qu'elle me donnait confiance en moi, que je commençais à perdre mes kilos superflus et à me tonifier. Je me suis par la suite inscrit dans un club de triathlon qui m'a poussé à toujours dépasser mes limites ; le sport est devenu alors mon échappatoire, mon défouloir, mon moyen d'expression. J'ai changé de couleur de cheveux. J'ai repeins mon appartement et ai fait un tri énorme. Je me suis engagée dans la protection animale. Je me suis acheté une moto et ai passé le permis. Je ne me suis plus refusé aucun plaisir. Je vis aujourd'hui pour moi et pour personne d'autre. J'ai recommencé la musique en m'inscrivant dans un orchestre. Je m'oblige à prendre du temps pour moi régulièrement : spa, bain, massage...

Je me lève chaque matin en souriant, et transforme chaque difficulté en opportunité de croissance personnelle.

J'ai enfin instauré un rituel en me brossant les dents : chaque soir, j'énumère ce qui m'a apporté du plaisir dans la journée, et ce pourquoi je remercie la vie.

Aujourd'hui je décide de vivre chaque instant car hier n'existe plus et demain pas encore. J'ai le sentiment que plus rien ne peut m'atteindre ou me blesser. J'ai enfin compris que mon bonheur ne dépend que de moi. Je remercie alors cette dernière relation de m'avoir ouvert les yeux. Je savoure chaque instant et m'imprègne de ce bonheur caché dans chacun d'eux : le chant des oiseaux très tôt le matin, l'odeur du café, la chaleur d'un rayon de soleil sur ma peau, un coucher de soleil sur la ville, une balade avec mon chien... Après tous ces progrès et remises en question, un film m'a définitivement aidé à changer ma vie. Il s'agit du film « le secret » de Rhonda Byrne. Et là, tout m'est apparu comme une évidence. J'ai décidé alors de ne plus me poser aucune limite, car mon ultime frein, c'est moi. J'ai compris que tout était possible et qu'il suffisait d'y croire. Le film me l'a démontré. Après ces quelques mois de changement, de hauts et de bas, j'ai décidé de partir avec mon chien, un Golden Retriever de 3 ans prénommé

Lucky. La chance de ma vie ce toutou. J'ai choisi de partir deux semaines avant la reprise des cours, mais cela sera suffisant pour mon périple. Je veux réaliser l'un de mes plus grands rêve : effectuer le GR20, un sentier de randonnée réputé en Corse. Dix jours et 180 kilomètres de bonheur. Le soir du 1er juillet, je réserve mes billets pour le dimanche 20 août, et commence à organiser mon voyage, les différentes étapes, les lieux où je vais dormir.

Les jours précédents mon départ, un mélange d'excitation et d'appréhension me gagnent. Je prépare mon sac : un grand sac de randonnée de

80 litres comportant mes bâtons de marche télescopiques, une boussole, mon appareil photo, mes papiers d'identité, une lampe frontale. Je décidai d'emporter uniquement un t-shirt, un short, un pantalon, deux paires de chaussettes et de sous-vêtements ainsi qu'un pull. Une tenue de bivouac (un jogging et un t-shirt) avec lesquels je dormirai, une paire de tongs pour me détendre. Mon maillot de bain, une serviette en micro fibre. Mais aussi de la crème solaire, un chapeau, un kway, une trousse de secours avec des pansements seconde peau, du baume à lèvres et de l'aspi venin. Concernant la

nourriture, j'ai commandé dix repas lyophilisés que j'ai préalablement reconditionné dans des sachets congélation afin qu'ils prennent moins d'espace, en inscrivant la quantité d'eau qu'il me faudra pour les faire cuire. L'espace commence à se réduire et je peine à faire rentrer tous mes plats. J'emporte également des barres de céréales pour le petit-déjeuner ainsi que pour mes éventuelles fringales. Mon chien portera un petit sac à dos conçu pour les chiens avec ses croquettes, sa trousse de secours et un plaid bien chaud pour les nuits les plus fraîches. Cela me permettra de gagner un peu de place et quelques grammes. Le reste, je l'achèterai sur place. J'emmène 2 bidons de 750 millilitres ainsi qu'un camel bag de 2 litres. Il me faut également des chaussettes de récupération, un briquet, un couteau suisse, une couverture de survie ainsi qu'une petite « popote » pour réchauffer mes plats. Pour finir, j'emporte mon sac de couchage, un tapis de sol et une tente. En ce qui concerne l'hygiène, j'ai acheté un savon magique, qui me servira à me laver, à me brosser les dents ainsi qu'à laver mon linge. Ouf ! Après plusieurs tentatives et réorganisations, mon sac ferme enfin ! J'ai rentré l'intégralité de mon parcours sur ma montre GPS afin d'éviter tout risque de perte (mon sens de l'orientation me joue parfois des tours...).

Mon sac pèse 8 kilos au total.

Je sais que le parcours ne sera pas toujours évident. Je sais également que j'y parviendrai.

Je prends le risque de partir sans mon téléphone portable, afin de partir loin de ces connexions abusives qui nous déconnectent de la réalité. Avec ma boussole et ma montre GPS, je n'aurais peu de chance de me perdre. De plus, j'ai lu préalablement que les téléphones ne captaient pas le réseau sur tout le parcours.

III. Jour J

« Rester c'est exister, mais voyager c'est vivre. » Gustave Nadaud

Dimanche 20 août, 12h. C'est le grand départ. Je n'ai pas dormi de la nuit, surexcitée par l'aventure qui m'attend, et un peu angoissée. Mon sac est prêt, j'enfile mes chaussures de marche pour ne pas avoir à les transporter dans mon sac. Après avoir embrassé ma mère, j'accroche le harnais de mon chien à ma ceinture et enfile mon sac à dos. Nous partons à la gare prendre le train pour Marseille à 13h.

Lucky a l'air content de partir à l'aventure, il tire sur la laisse et m'entraîne à accélérer le pas. Le stress m'envahit, mais j'essaie de ne pas y prêter attention.

Lorsque nous arrivons à la gare, il nous faut attendre 30 minutes avant de monter dans le train trouver notre place assise. Lucky se met en boule sous mes jambes, mais avec son gros gabarit de Golden Retriever, il déborde sur ma voisine, qui semble aimer les chiens et ne pas être dérangée puisqu'elle passe le trajet à le caresser. À mesure que nous nous rapprochons, je suis heureuse. Je suis fière d'avoir eu le courage de partir seule ; la compagnie de mon chien en vaut plus d'une. Il n'y a pas de climatisation dans le train et les températures extérieures dépassent les 30°. J'admire le paysage défiler par la fenêtre, mon moment préféré. Comparaison au temps qui file à toute allure. Je ne veux pas être cette personne dans le train qui observe sa vie défiler sans agir. Le voyage se passe sans encombre et nous arrivons à Marseille à 15h05. Je décide de rejoindre le port à pied depuis la gare Saint Charles, pour ne pas prendre le métro avec Lucky. Cela nous laisse du temps pour visiter car nous n'embarquons qu'à 18h. Nous visitons le vieux port et les quartiers alentours. J'aime beaucoup cette ville, elle m'apaise. La vue des calanques est sublime et je m'y sens bien. J'ai couru 21km lors d'un événement sportif à Marseille. Je n'ai même pas vu les kilomètres défilés tellement j'étais submergée par la beauté du paysage. Je m'assois sur un banc et admire le calme et l'immensité de la mer. L'après-midi passe très vite, je rejoins le parc Borely et nous nous reposons à l'ombre d'un arbre. Le bâteau arrivera à Porto Vecchio aux alentours de 7h30 demain matin.

17h30, l'embarcation commence ; comme je n'ai pas de véhicule je peux m'installer directement dans ma cabine où nous passerons la nuit. J'espère que la mer sera calme, car je n'ai pas vraiment le pied marin (et c'est la première fois que Lucky prend le bâteau !). Je m'installe dans ma chambre et me repose jusqu'à 19h30. La mer est calme et Lucky semble ne pas être dérangé par les quelques secousses. Je donne quelques croquettes à ce dernier puis me dirige vers le restaurant du bateau. Première bière Corse, accompagnée de pâtes à la carbonara. Je termine le repas avec un tiramisu, mon dessert préféré.

Je finis la soirée sur le toit du bâteau. L'air est frais et nous pouvons sentir les effluves de la mer. J'observe les traces que laisse derrière lui le bateau, au milieu de la mer calme et infinie. J'aime le calme de la nuit. Il n'y a presque pas de bruit sur le toit, je n'entends seulement le son du moteur qui déplace cet immense bateau. J'observe les gens. Certains sont venus entre amis, d'autres en famille ou encore en couple. Je me demande si certains ont choisi comme moi d'emprunter les chemins du GR. Je commence à avoir froid et regagne ma cabine non sans peine car je ne me souviens plus du numéro de ma chambre. La mer n'est pas trop agitée et le bruit des passagers voisins ne m'empêche pas de passer une bonne nuit, Lucky tout près de moi.

IV. Le bonheur est dans l'instant

«Aujourd'hui est le plus beau jour de notre vie, car hier n'existe plus et demain ne se lèvera peut être jamais. Le passé nous étouffe dans les regrets et les remords, le futur nous berce d'illusions. Apprécions le soleil qui se lève, réjouissons-nous de le voir se coucher. Arrêtons de dire « il est trop tôt » ou « il est trop tard » ; le bonheur est là: il est l'instant présent. »

7h, une première alarme retentit. Les passagers doivent sortir des cabines pour regagner leur voiture. 7H15, le bruit désagréable insiste. Je sors doucement de mes rêves et me prépare à quitter la cabine. La nuit s'est très bien passée et j'ai pu me reposer en prévision de ce qui m'attend. J'aperçois la terre ferme et la ville encore endormie. Il fait encore frais, je profite de mon moment préféré de la journée.

Après de longues minutes d'attente, nous quittons le bateau et nous voilà à Porto Vecchio. Il est 8h.

Je m'étais renseigné afin de prendre une navette qui rejoint directement mon point de départ de randonnée, Conca. Deux navettes me passent devant faute de place, et les conducteurs ne sont pas très contents à l'idée de transporter un chien. Finalement, la troisième navette accepte de me conduire à Conca. Avec mon sac et mon chien imposant, je suis obligée de prendre deux places. Le trajet ne se déroule pas vraiment dans la bonne humeur et le chauffeur à hâte de terminer sa journée ; il klaxonne les voitures plus lentes devant lui et double sans cesse. Finalement, j'arrive à Conca vers 9h30. Je remplis mes gourdes et décide de prendre un petit-déjeuner avant de commencer le GR. Je commande un café double, un pain au chocolat ainsi qu'un jus d'orange pressé.

J'ai déjà repéré le sentier grâce aux marques rouges et blanches et vais partir à 10h. Je profite de mes derniers instants de répit et admire la vue. Pour ma première étape, j'ai 12,8 kilomètres à parcourir. Je pense les atteindre en 6h et arriver au refuge d'I. Paliri vers 17h avec des pauses. Je commence donc à suivre les marques rouge et blanche. Début de 180 kilomètres...

J'entame la randonnée par des chemins dans le village où déjà de nombreux randonneurs s'activent. Je longe l'église de Conca jusqu'à apercevoir un bar «Le GR20 ». L'église de Conca ne ressemble pas du tout aux églises que nous pouvons voir sur le continent. Le bâtiment est moderne et précédé d'un clocher assez haut. Après le bar dépassé, je commence une ascension forestière assez fatigante, le chemin est fait de cailloux, il faut que je sois concentrée sur mes pieds et Lucky n'a pas l'habitude de marcher attaché à ma ceinture. Une fois que nous avons pris le pas, nous pouvons continuer notre chemin plus sereins. Trente minutes de montée plus tard, nous dépassons le ruisseau de Punta Pinzuta. Ce dernier ressemble à une jolie retenue d'eau entourée de roches. Je détache Lucky et ce dernier s'empresse d'aller boire et se rafraîchir. Nous arrivons ensuite à un premier panorama qui nous offre une vue à 360° sur la montagne, les arbres et sur la mer. Nous empruntons des chemins plus plats qu'auparavant, ce qui nous permet de nous reposer un peu. Cela fait maintenant 3h que nous marchons et il commence à faire chaud. Vers 13h30, nous rencontrons la deuxième cascade du périple et en profitons pour remplir les gourdes et se rafraichir. Je goûte enfin mon premier plat préparé et me repose sous les pins au frais avant de repartir. Le chemin se transforme en forêt pendant quelques kilomètres, la chaleur se fait alors moins ressentir puis nous entamons une grande descente caillouteuse. Le temps est menaçant et je décide d'accélérer le pas. Cela fait maintenant 5h30 que je marche lorsque j'aperçois un panneau indiquant le refuge à 30 minutes. Devant moi, le sentier monte encore et mes forces diminuent. Il me faut me remotiver au mental. J'arrive enfin au refuge à 16h30. J'aurais mis 6h30 au total avec ma pause repas ainsi que nos rafraîchissements. J'aperçois de nombreuses tentes et décide d'y planter la mienne avant d'aller acheter de quoi manger au refuge pour le soir. Une fois la tente montée, mes vêtements lavés et ma tenue de bivouac enfilée, je peux enfin me reposer de ma longue journée, grignoter et boire. Mes jambes sont lourdes mais je suis fière de ma première étape. Lucky est également fatigué de sa première journée et s'installe directement dans la tente pour se reposer. Le premier repas se déroule face à un panorama magnifique et déjà des randonneurs se joignent à nous pour caresser le chien et entamer la discussion. J'assiste à mon premier coucher de soleil Corse. Je me rends compte de la chance que j'ai d'être ici aujourd'hui et remercie la vie. Un vent frais me parcourt doucement et je me sens bien. Plénitude. Je ferme les yeux et profite de l'instant. Le bonheur est là, dans l'instant présent. Je ne pense à rien d'autre qu'au plaisir que je ressens et à la fierté d'avoir eu le courage de réaliser mon plus grand rêve. Je remercie la vie de m'avoir laissé une seconde chance, et de m'avoir fait comprendre que tout dépendait de moi. J'admire la vue et le soleil qui se couche ; magnifique spectacle dont je ne me lasserai jamais. Le ciel est un mélange rose orangé et se reflète sur les montagnes. L'atmosphère devient tout d'un coup plus paisible. En seulement quelques minutes, il est déjà caché par les immenses montagnes qui m'entourent. Je repense tout à coup à ce qui m'a amené à faire tout cela. La rupture, les pleurs, le deuil d'une relation que j'aurais crue éternelle. Mais tout est éphémère et je reviens à l'instant. Je câline mon chien et me retire dans ma tente. Ce soir, je n'aurais pas besoin de mon sac de couchage en vue de températures excessives. Je tombe rapidement dans les bras de Morphée. Les discussions alentours ne m'empêchent même pas de dormir. Demain, 14,8 kilomètres et 7h30 de marche m'attendent, c'est pourquoi je décide de me lever à 5h30.

V. S'émerveiller des petits riens

« Je pense qu'il est très sain de se retrouver seul. Apprendre à être bien avec soi même et à ne pas se définir par rapport à l'autre. » Oscar wilde

5h30. Mes yeux me piquent. J'hésite à repousser le réveil, puis me rappelle l'étape qui m'attend. J'enfile mes vêtements déjà secs de la veille et m'extirpe de la tente. Lucky peine à se réveiller et finit par me rejoindre pour son petit-déjeuner. Nous admirons le calme de la nuit, quelques randonneurs commencent à se réveiller doucement et le soleil pointe lentement le bout de son nez. Il fait encore frais et je profite de ces instants de calme. Le voisin d'à côté, me voyant grignoter ma barre de céréales, me propose un café que j'accepte volontiers. Je commence à plier mes affaires et à rejoindre le sentier tranquillement, il est 6h. Je me dirige vers le refuge d'Ausinau aujourd'hui, 7h30 sont indiquées pour ces 14,8 kilomètres. J'espère les atteindre plus rapidement et arriver vers 14h au refuge. Les premiers kilomètres se passent tranquillement, j'ai quelques courbatures de la veille mais je me félicite d'avoir mis mes chaussettes de récupération hier soir ; mes jambes ne sont pas trop lourdes. Lucky commence à s'habituer à marcher à mon rythme et semble apprécier nos balades et les baignades dans les points d'eau que l'on rencontre. Je remplis mes gourdes et me dirige vers le sentier. Après quelques kilomètres assez plat, je commence l'ascension du col de Foce Finosa qui me permet de franchir les crêtes de la Punta Tafunata. D'immenses rochers pointus m'entourent et la vue est magnifique. Je commence ensuite une longue descente dans une forêt et traverse le torrent de Volpajola. L'atmosphère est calme et j'apprécie le bruit du torrent que je dépasse rapidement. Je m'assieds sur un rebord proche de la retenue d'eau et du petit torrent. Petite pause en vue de la remontée qui nous attend vers le col de Bavella. Les aiguilles de Bavella se laissent apercevoir et la vue est magnifique : les aiguilles portent bien leur nom et ont des couleurs qui vont du rouge au gris, le tout entouré d'immenses forêts. Cela fait déjà 1h30 que nous crapahutons, il est 7h45 lorsque nous arrivons aux aiguilles de Bavella. J'admire le paysage et le prend en photo. Capturer l'instant. L'instant qui nous file entre les doigts. Un moyen de garder éternel ce merveilleux souvenir éphémère. Le vent souffle et nous rafraîchi, je suis obligée de mettre un pull. Je décide de faire une longue pause assise sur un rocher à l'ombre. La suite du trajet alterne entre montées raides et descentes sinueuses. J'aperçois le refuge, j'imagine qu'il ne me reste plus beaucoup de temps. Très vite, un couple de marcheur faisant le GR dans le sens inverse me ramène à la réalité en me prévenant qu'il est en fait plus loin qu'il n'y paraît. Le sentier est agréable, à l'ombre des pins et des hêtres. Je traverse le torrent d'Asinau et arrive au refuge à 13h30. J'interpelle directement le gardien qui m'indique où je pourrais planter ma tente. Je commence à m'installer et à me faire à manger ; je commençais à avoir faim. J'enchaîne ensuite par une douche (froide) et une lessive. Pour le reste de l'après-midi, ce sera lecture, repos et discussions avec les randonneurs alentours. Moi qui suis de nature si réservée, je prends plaisir à échanger et rencontrer tous les jours de nouvelles personnes, toutes aussi intéressantes les unes que les autres. J'aime cette idée que nous venions tous des quatre coins du monde et que nous nous retrouvions là, dans cette même aventure ; nous nous soutenons mutuellement, nous encourageons. Moi qui suis partie seule, cela me fait du bien d'avoir des contacts humains. J'aime les gens. C'est sûrement pour cela que j'ai choisi mon métier ! J'achète du saucisson et deux trois bricoles en guise de repas du soir. La chaleur me coupe l'appétit. Lucky est très fatigué ; nous courons ensemble souvent mais il n'a pas l'habitude des efforts si prolongés. Je lui donne à manger et à boire puis il dort tout l'après midi. Je commence à apprécier d'être seule. Libre. Sans aucune contrainte, aucun réseau social. Je réalise que je peux passer des journées sans mon téléphone et que cela m'est plutôt bénéfique. Je me connecte à la nature et ce qui est réellement important ; la vie. Je suis vivante. Je ne me suis jamais autant sentie vivante. J'ai la chance de pouvoir vivre cette aventure, et d'avoir les capacités physiques de la faire. Après mon repas léger, je peux admirer une nouvelle fois le coucher du soleil. À force d'entraînement, je recommence à m'émerveiller des plus petits riens, comme lorsque j'étais enfant. Parfois il me suffit de lever la tête pour voir un ciel magnifique ; d'autres fois de regarder autour de moi pour contempler la nature qui m'entoure. La vie est belle ! Ma vie est belle, parce que j'ai décidé de l'aimer. Elle est belle sans artifice, sans homme, sans toi. L'amour est partout et je suis comblée ce soir. J'ai décidé de sourire à la vie et elle me le rend chaque jour. Je me brosse les dents et effectue mon rituel quotidien. Moment gratitude. Je remercie la vie de m'avoir permis d'être là aujourd'hui, je remercie mon chien de partager cette expérience avec moi, je remercie mes parents, je remercie mon passé qui m'a permis de construire la femme que je suis aujourd'hui, plus forte et heureuse que jamais. Je me remercie d'être si déterminée et optimiste. Je remercie les nombreux randonneurs que j'ai croisé sur mon chemin et qui m'ont encouragé ou juste souris, ainsi que le randonneur ce matin qui m'a offert un café. Aujourd'hui, j'ai une nouvelle fois admiré l'immensité de la nature, sa force et sa beauté. « Il en faut peu pour être heureux » cette phrase résonne en moi comme une évidence. Je suis en Corse, avec le strict minimum, je me lave à l'eau froide et dors sur un tapis de sol, et je n'ai jamais été aussi heureuse. Se satisfaire des petits riens.

VI. Jour 3 : danser sous la pluie

« Tu n'écris ta vie qu'une fois, applique toi »

6h00. Une longue journée m'attend. Je n'ai pas eu de mal à m'endormir hier soir. Ma nuit a été réparatrice, malgré les bruits d'animaux suspects et les discussions alentours. Je prends le temps de sortir de mes rêves et de m'étirer. J'ai acheté du café soluble car cela m'aurait manqué pour les jours à venir. J'enfile ma tenue propre et fais chauffer de l'eau. L'odeur du café le matin, un de mes bonheurs préférés !

« La vie commence après un café ». Je me brosse les dents et commence à plier la tente. Je commence à avoir le coup de main et suis de plus en plus rapide à la ranger. Il est 6h30 quand je me dirige vers mon rituel quotidien : le remplissage des gourdes. Aujourd'hui, 16 kilomètres m'attendent. Le sentier débute d'entrée de jeu par une montée caillouteuse jusqu'au sommet du Monte Alcudina, point culminant de la Corse marqué par une croix en bois. Je profite d'une vue à 360° incroyable : des montagnes au loin, un nuage juste au dessous de mes pieds, des rochers à perte de vue. La suite du sentier se compose de passages en forêt, crêtes, plateaux... mais aussi de traversée de ruisseaux. Je continue mon chemin par une grande descente jusqu'à l'ancien refuge de Pedinielli, où il ne reste que des ruines. Le reste de la route s'effectue sur un sentier vallonné. J'aperçois une grande maison en pierres avec une jolie terrasse, dont j'imagine être le refuge mais ne me réjouit pas trop vite cette fois. Le mental. Depuis que je fais de la course à pied, j'ai pu constater que cela développait également mon mental. Parfois, mes jambes ne veulent plus avancer. Il faut alors que je trouve en moi cette force intérieure qui me permette de continuer. Il fait très chaud et je ne supporte pas la chaleur. Lucky peine également à avancer sur cette route sans une parcelle d'ombre. Je m'arrête de nombreuses fois afin de nous désaltérer. Je me rappelle pourquoi je suis ici et cela me suffit à repartir de plus belle. Je continue l'ascension jusqu'aux arrêtes A. Monda que je vais parcourir pendant presque 2 heures. Le chemin est très technique et Lucky et moi avons du mal à être synchronisés lorsqu'il faut escalader de gros rochers et crêtes. Je passe d'un coté de la crête, je repasse de l'autre, je monte sur un rocher, je redescends.

J'escalade une fissure pour passer sur l'autre versant puis je retourne immédiatement sur l'autre... Parfois, cela est tellement compliqué que je préfère détacher Lucky de ma ceinture. Finalement, il est 16h lorsque j'arrive au refuge Usciolu, après 9h30 de marche. La dernière descente était interminable, il s'est passé au moins une heure depuis que j'ai aperçu le refuge ! Mon mental m'a beaucoup aidé à arriver jusque là ; ainsi que les autres randonneurs. Arrivée au refuge, il y a beaucoup de monde (c'est cela d'arriver si tard). Il n'y a que 2 douches et sanitaires, l'épicerie est remplie de monde. Je décide de réserver un plat chaud pour le soir ; ce sera des pâtes à la sauce tomate. Simple mais délicieux. Je ne perds pas de temps et monte ma tente presque tout de suite. Après avoir attendu presque 1h pour me doucher, j'enfile ma tenue de bivouac et lave mon linge afin qu'il soit sec demain matin. Le refuge grouille de monde, Lucky et moi ne sommes pas très à l'aise. Des musiques corses se laissent entendre de loin depuis que je suis arrivée. Un couple d'une soixantaine d'années l'ayant remarqué est rapidement venu se joindre à nous pour discuter. Ils nous racontent le GR20 d'avant, lorsque tous ces refuges n'existaient pas. Conversations toujours très intéressantes. Troisième jour de marche et la solitude me pèse parfois. Ce soir, je voudrais partager ce moment avec ma famille. Ce couple me fait penser à mes grands parents et ceux-ci me manquent tout à coup. J'ai la chance d'avoir encore mes deux grands parents du côté paternel et maternel. J'irai les voir en rentrant de Corse. Je sais que mes grands parents paternels auraient adorés le GR 20, c'est aussi pour cette raison que je prends en photo tout ce que je peux. Je ferai un diaporama qui leur sera destiné à mon retour. Lucky ressent lorsque je ne suis pas en forme et se blottit contre moi. Je passe la soirée avec d'autres randonneurs et la musique Corse résonne dans la vallée. Je ne vais pas me coucher tard, car demain une autre journée s'annonce, et je suis épuisée de ces derniers jours. Je me rends compte que cette expérience restera gravée dans ma mémoire et qu'elle me fera grandir encore. Dans chaque difficulté, il y a des opportunités. Il suffit d'ouvrir les yeux. En serais-je là aujourd'hui, s'il n'avait pas décidé de me quitter ? Certainement pas. J'ai pris mon courage à deux mains, je suis sortie de ma zone de confort et ma vie a débuté.

Depuis le début de la soirée, de nombreux groupes s'alcoolisent de muscat et de bière Corse, et lorsque je vais me coucher, il est difficile de trouver le sommeil. Heureusement, ayant le sommeil léger habituellement, j'avais eu l'idée d'emmener mes boules quies, qui ont atténué un peu le bruit et m'ont permis de me reposer. De plus, un orage a éclaté cette nuit avec de gros éclairs et du vent. Je remercie ma maman de toujours m'avoir obligé à mettre tous les piquets de la tente au cas où elle s'envole. Il est 21h quand je rejoins les bras de Morphée, Lucky lové contre moi. Je l'aime.

VII. Jour 4 : tout est dans la tête

« Pendant des années, j'ai attendu que ma vie change. Mais maintenant je sais que c'était elle qui attendait que moi je change. » Fabio Volo

Cette phrase est incroyablement vraie. Pendant des années je me suis demandé ce que j'avais fait pour mériter une vie si triste. J'ai un jour compris que tout dépendait de moi et ma vie est devenue beaucoup plus belle. J'ai cessé de me lamenter sur ce que je n'avais pas pour me réjouir de ce que j'ai. J'ai essayé de voir l'opportunité dans chaque difficulté. De voir le verre à moitié plein. Ma manière de penser a complètement changé et je n'en suis devenue que meilleure.

En vue de l'étape plus courte qu'hier, je décide de me lever à 7h car la nuit a été difficile. J'ai été réveillée par le vent et les orages, Lucky n'était pas rassuré et les randonneurs bruyants. Lorsque ma montre sonne 7h, je suis encore fatiguée de ma nuit. Je m'étire lentement et prends mon temps. Les randonneurs dorment et je peux entendre le chant des oiseaux. Quel bonheur pour mes oreilles !

Rituel du matin, je bois mon café avec

ma barre de céréales et plie mes affaires. Le chemin débute par une grande ascension. Le sentier est enherbé et caillouteux mais agréable, je prends mon temps pour ne pas tomber. Arrivée aux crêtes d'Acqua d'Acell après 2h30 de montée accompagnée d'une vue magnifique sur la mer, le vent souffle et le chemin redevient à peu près plat. Je rencontre ici des chevaux qui ne semblent pas dérangés par ma présence. Le paysage et le temps sont très changeant d'une heure à l'autre, mais le vent m'a suivi tout au long du périple. Je rencontre également des vaches couchées sur le sentier ainsi que des cochons. Nous apercevons le premier point d'eau de la journée et Lucky est ravi malgré sa température assez basse. Pour ma part ce sera uniquement remplissage de gourde car malgré le soleil, il fait très froid. J'aperçois enfin un panneau indiquant le refuge à 1h30. Mes jambes sont un peu lourdes de la veille et je peine à avancer, en particulier dans les descentes. Je continue la route par une grande descente depuis la Punta Bianca jusqu'au col de Laparo. Ce dernier est dans les nuages et je ne profite d'aucune vue. S'ensuit une dernière montée et j'aperçois enfin un refuge où j'achète à manger pour mon déjeuner. Je ne reste pas longtemps car il nous reste de la route à faire. Bien que mon sac se vide de jour en jour, il est lourd et me tient chaud. Nous alternons entre grosses montées, descentes difficiles, crêtes, passage sous les bois dans la forêt. Le chemin est difficile et je commence à regretter de ne pas m'être entraînée davantage. Une grosse baisse de moral m'envahit, quand je rencontre un groupe de randonneurs d'une trentaine d'années. Ceux-ci me voyant ralentir et faire des pauses depuis un moment me proposent de faire la route avec eux. Par chance, nous allons au même endroit. Le temps se gâte de nouveaux et j'accepte leur proposition sans hésiter, je veux arriver avant la nuit ! Je me suis perdue ce matin, le soleil levant cachait les indications du GR et cela m'a fait perdre plus d'une heure sur mes prévisions. Après le refuge, le chemin redevient plat ce qui me permet de récupérer de mes efforts. Ensuite, une longue descente en lacets nous emmène sous une forêt de pins. Nous faisons connaissance sur le trajet et la route me paraît beaucoup moins longue. J'aime l'esprit des sportifs. Lorsque j'effectue des évènements sportifs, ce que j'aime par-dessus tout, ce n'est pas de gagner mais de partager ce moment avec des gens inconnus, et de voir parfois des gens qui ne se connaissent pas se soutenir tout au long de la course. C'est ça pour moi, l'esprit sportif. S'encourager, se pousser à dépasser nos limites. Je sens que mes limites sont déjà dépassées depuis un moment mais ces deux couples me donnent la force de continuer. Ce sont des normands venus faire le GR20 en 15 jours. Dernière ligne droite, nous apercevons le toit vert de Bocca di Verde et l'atteignons par une longue descente caillouteuse et glissante. Première chute du séjour, mais je ne me fais pas mal. Après 8h30 de marche et un peu plus de 15 kilomètres, j'arrive au refuge Bocca di Verde à 16h30. Je suis épuisée. Les randonneurs m'aident à m'installer et sont très attentionnés. Ils sont étonnés de voir une femme si jeune seule sur un sentier si difficile. Je m'achète à boire et à manger pour ma collation et mon dîner. Miracle ! Les douches sont chaudes. J'en profite et y reste quelques instants pour me détendre. Je finis tout de même par un jet froid sur mes jambes, habitude que j'ai pris depuis le début de mon séjour pour favoriser le retour veineux (étudiante infirmière oblige...!). J'enfile ma tenue de bivouac et mes chaussettes de récupération. Cette épreuve a été difficile pour Lucky comme pour moi. Je commence à douter et me dire que je vais rentrer plus tôt. Mes nouveaux amis ne seront pas là pour le reste du périple et je commence sérieusement à fatiguer... En réfléchissant, je m'endors jusque 19h. Réveillée par les deux couples de randonneurs, ceux-ci me proposent de partager le repas avec eux, chose que j'accepte bien évidemment. La sieste m'a porté conseil et je terminerai ma randonnée comme prévue. De toute façon, je ne suis pas du genre à abandonner si facilement. Lors de mes nombreux stages en tant qu'étudiante infirmière, j'ai rencontré des infirmières maltraitantes qui ont failli me dégoûter du métier. Elles m'ont humilié, rabaissé plus bas que terre. J'ai pensé arrêter ma formation. Mais j'ai trouvé en moi la force de continuer et de terminer ce stage de 10 semaines. Lorsque je commence quelque chose, je le termine. Je ne sais pas si cette détermination a toujours été présente en moi ou si elle s'est forgée au fil des années et des difficultés. Je sais en tout cas qu'elle m'est bien utile. Nous passons la soirée ensemble et partageons ce que chacun a apporté ou acheté. Ils me font goûter toutes sortes de spécialités Corse qu'ils ont trouvé sur le parcours et me demandent ce qui m'a amené là. Je leur explique brièvement ma dernière relation et mon besoin d'avancer. De me retrouver seule pour faire le point, de dépasser mes limites et de sortir de ma zone de confort. Ils sont très reconnaissant et cela me conforte dans mon choix. Nous enchaînons les discussions toutes aussi intéressantes les unes que les autres, comme si nous nous connaissions depuis toujours. Nous assistons au coucher de soleil quotidien, le ciel est rose et nous offre une vue magnifique une nouvelle fois. Un sentiment de fierté et de joie s'emparent de moi, et lors de mon moment de gratitude quotidien, j'ai énormément de choses à énumérer. Si l'on m'avait dit il y a six mois que j'en serai là aujourd'hui. A 21h, je décide de quitter mes trentenaires pour me reposer, car demain 9h de marche m'attendent. Le réveil sonnera à 5h30. Le temps est plus clément et le vent s'est calmé.

VIII. Jour 5 : le bonheur commence à la sortie de sa zone de confort

« Si tu ne vas pas à la poursuite de tes rêves, tu ne les atteindra jamais. Si tu n'oses jamais demander, la réponse sera toujours non. Si tu ne vas jamais de l'avant, tu resteras toujours au même endroit. »

J'ai décidé de prendre ma vie en main. J'ai décidé de poursuivre mes rêves.

5h30. La nuit s'est parfaitement

bien passée et pour une fois, je me réveille entièrement reposée. Je me dépêche de plier mes affaires pour partir avant 6h. J'assisterai de ce fait au lever du soleil pendant le parcours. Lucky ne veut pas se réveiller, mais après insistance il finit par me rejoindre. Je laisse un petit mot à mes anges gardiens de la veille avec mon numéro de téléphone afin que nous gardions contact. Ce sont vraiment des gens géniaux et j'espère les rencontrer de nouveau à l'avenir. Début de la randonnée du jour, heureusement que j'avais pensé à ma lampe frontale ; le chemin alterne entre des prairies et des forêts. Le soleil commence à pointer le bout de son nez : une magnifique lumière orangée commence à éclairer le chemin, se reflettant sur les arbres. Je décide de faire une pause afin de capturer ce moment merveilleux. Une fois le soleil levé, je commence une nouvelle ascension et aperçois au loin des cabanes. Je me dis que cela doit être le refuge d'E. Capanelle et que je pourrais acheter à manger pour ce midi. Après quelques kilomètres de marche, je m'aperçois que ce n'est finalement pas le refuge que j'attendais, mais des bergeries, et il me reste encore 30 minutes pour atteindre le refuge

Aujourd'hui je n'ai pas de courbatures et la fatigue ne se fait pas encore ressentir. J'ai bien fait de partir tôt car le soleil commence à cogner. Il va faire chaud aujourd'hui. Le refuge est bien caché derrière le gîte mais je finis par le trouver et acheter ce qu'il me faut. Un peu de saucisson, du fromage de chèvre et du pain. Je craque également pour un soda light, parce qu'il faut se faire plaisir ! De nouveau je repars pour une petite ascension dans une forêt de hêtres jusqu'aux crêtes pour poursuivre avec une descente et des sentiers à flanc de montagne. Lucky n'est pas très à l'aise sur ce genre de parcours et il me faut parfois le détacher pour ne pas que nous nous entraînions mutuellement dans la chute. Je franchis les crêtes et la vue sur la vallée me laisse une nouvelle fois sans voix. Un peu plus bas, quelques retenues d'eau se laissent apercevoir, un nuage les surplombant. L'eau est claire et entourée de montagnes enherbées. Je décide de faire une pause à la Bergerie d'Alzeta. Dernière montée difficile et interminable , suivie d'une grande descente jusqu'au col de Vizzavona. Je profite encore d'une vue à 360° sur les montagnes. Lorsque j'arrive enfin, il est 16h et je viens de parcourir à peu près 27 kilomètres. Je ne m'en serait jamais cru capable ! Pour fêter cela, je décide de passer la nuit dans un hôtel. J'avais le choix entre un hôtel et un gîte, mais je me dis qu'un peu de confort ne me fera pas de mal. J'ai mal aux pieds et suis à bout de force. N'ayant pas de tente à monter, j'en profite pour me reposer avant de m'attaquer à mes lessives quotidiennes. Il y a même un sèche linge dans l'hôtel, quel luxe ! Le lit est incroyablement confortable et les douches chaudes, je redécouvre un bonheur devenu banal. Je décide ensuite de manger un vrai repas dans le restaurant de l'hôtel. Il ne m'en fallait pas plus pour me redonner du courage !

Je ne me refuse aucun plaisir, entrée, plat, dessert ! Je pense sincèrement qu'il faut parfois sortir de sa zone de confort pour comprendre combien nous avons de la chance de pouvoir se doucher à l'eau chaude tous les jours, boire et manger à notre faim, dormir sur un lit confortable et avec un toit sur la tête... Ce voyage m'aura permis de me rendre compte de tout cela, tout ce qui pour moi était ordinaire et normal. J'allume la télévision et tombe sur les informations. Au fur et à mesure des catastrophes, je décide de l'éteindre. Je suis partie pour me déconnecter de tout cela. Pour penser ne serait-ce que deux semaines que dans le monde tout va bien et que tout le monde s'aime. Revenir à l'innocence de l'enfance. Je commence ma lecture et m'endors instantanément. L'étape a été extrêmement difficile et je profite du confort pour récupérer, car il me reste encore 5 étapes et 5 jours de marche. Je suis exactement à la moitié de mon parcours, mais je n'ai même pas eu le temps de le réaliser, tellement j'étais fatiguée. Je n'ai pas eu le temps non plus d'observer le soleil se coucher. Ce soir, j'avais juste besoin de dormir. La solitude me pèse un peu, je suis seule face à moi-même, chose qui ne m'était jamais arrivée auparavant. Cela me permet de me connaître un peu plus. Je découvre des forces cachées qui m'ont permis de continuer de nombreuses fois aujourd'hui. Je m'endors dans des draps qui sentent bon la lessive. Encore un de mes petits bonheurs préférés ! Je trouve cela tellement enveloppant et rassurant. Je n'ai aucun mal à trouver le sommeil, d'autant plus que l'hôtel est vraiment très calme. Lucky a eu très chaud aujourd'hui, je crains le coup de chaleur. Il dort presque depuis que nous sommes arrivés. J'espère que cela ira mieux demain. Je mets le réveil à 7h.

IX. Jour 6 : les bonnes choses ont une fin

« Il est tellement important de laisser certaines choses disparaître. De s'en défaire, de s'en libérer. (..) Faites le ménage, secouez la poussière, fermez les portes, changez de disque. Cessez d'être ce que vous etiez et devenez ce que vous êtes. » P. Coelho

J'ai appris à lâcher prise. À accepter de laisser partir ce qui était et d'autoriser ce qui arrive. Il m'a fallu du temps pour abandonner l'idée qu'il reviendrait un jour frapper à ma porte me dire qu'il m'aime, mais j'y suis arrivée. Je me suis libérée de ce poids et suis revenue avec le cœur beaucoup plus léger. À vouloir réaliser mes rêves, je commence à devenir qui je suis. J'ai fermé les portes au passé et à la fille que j'étais, pour la jeune femme que je suis en train de devenir.

7h. La nuit s'est très bien déroulée. J'ai même pu profiter rapidement du petit-déjeuner de l'hôtel : deux énormes tranches de pain tartinées de beurre et de confiture d'abricots, un croissant, un café bien chaud et une banane. Quel bonheur. J'étais l'une des premières clientes de la journée, avec un couple de randonneurs (évidemment !). Nous commençons à discuter, ce qui m'avait manqué le plus hier soir : le contact humain. Aujourd'hui, je me dirige vers le refuge d'Onda. Les hôteliers avaient accepté hier de mettre mes gourdes au frigo, un vrai plaisir pour la marche de 6h30 qui m'attend. Il est finalement presque 8h lorsque je pars. Je suis en retard mais j'ai voulu prendre mon temps. Lucky va mieux ; le repos a été bénéfique.

Début de la randonnée par l'ascension

du col de Muratellu (de la montée...
pour changer !). Je dépasse des cascades
magnifiques où l'eau est bleue,
transparente. Je longe ensuite le torrent
sous la forêt jusqu'au col. Un peu
d'ombre ne fait pas de mal Il me faudra
au total 4h et ma hanche commence à
me faire souffrir. Souvenirs d'une
tendinite parfois récidivante...

Les paysages se ressemblent mais sont
très différents également. Arrivée en
haut du col, j'admire une nouvelle fois
les montagnes m'entourant.

Ensuite, c'est reparti pour des dalles, des
rochers, des marches plus hautes que
moi. Je décide de faire ma pause

déjeuner ici, avec les produits lyophilisés qu'il me reste. Après de longues ascensions, il faut maintenant redescendre vers la bergerie. Je peux l'apercevoir au loin, mais il me reste encore des heures de marche et le brouillard commence à envahir la vallée. Tout d'un coup, un nuage envahit complètement le sentier, à tel point que je ne vois plus à un mètre devant moi. Lucky ne voit pas mieux que moi et dérape, m'entraîne dans sa chute et nous nous retrouvons en bas plus tôt que prévu. Ma tête a tapé contre les rochers, mais je n'ai pas perdu connaissance. Mon genou me fait extrêmement souffrir ainsi que mon dos. Je me dis que mon périple se terminera ici. Tout de suite, des randonneurs viennent m'aider, me ramassent mes bâtons et me demandent si je peux me relever. Lucky lui, a réussi à retomber sur ses pattes. Les randonneurs s'affairent autour de moi, m'apportent de l'eau. Mon genou enfle rapidement. J'ai du mal à comprendre ce qu'il m'arrive.

Quelques minutes plus tard, avec l'aide de deux voyageurs, je me relève. Ils m'aideront à atteindre la bergerie. L'un s'occupant de Lucky, les autres me tenant bras-dessus bras-dessous afin que je ne force pas trop sur mon genou.

Nous arriverons à 15h. Les randonneurs me proposent de monter ma tente pendant que j'essaie tant bien que mal de trouver de la glace pour mon genou. Je parviens à en trouver et cela soulage un peu la douleur. Pourvu que ça ne soit pas une entorse. Je suis extrêmement reconnaissante envers ces voyageurs, sans eux je n'aurais pas pu continuer. Ils me prêtent même un téléphone afin que je prévienne ma mère que mon séjour sera peut-être raccourci.

Heureusement que j'avais prévu le strict nécessaire en cas de blessure ; je peux me passer de la crème et espérer que ça ne soit pas grave. Je passe l'après-midi à me reposer, les randonneurs venant me voir régulièrement pour prendre de mes nouvelles. Pour le soir, j'ai réservé un repas dans le restaurant de la bergerie. Tout est délicieux et l'on nous sert uniquement des produits locaux. La douleur ne m'a pas coupé l'appétit ! Je ne traîne pas et vais me coucher tôt, un peu déçue et dans l'attente de demain. Pour l'instant, mon dos ne me fait plus souffrir mais mon genou et ma hanche continuent à me lancer. Je ne sais pas si je vais pouvoir continuer. Je sens que Lucky s'en veut, je le rassure et le chouchoute. Nous nous endormons une fois de plus l'un contre l'autre. C'est une habitude qu'il a prit depuis qu'il est bébé, nous avons grandi ensemble et avons une relation très fusionnelle. Lorsque je suis malade ou triste, il le ressent et se sert contre moi. J'ai eu beaucoup de chance de l'avoir, c'est d'ailleurs pour cela que je l'ai appelé Lucky.

Je n'ai pas eu le temps de le remarquer, mais nos tentes sont enfermées dans des enclos et je trouve l'idée un peu spéciale. La nuit est assez calme, j'aperçois les étoiles et il fait bon. Je me couche de bonne heure en espérant que je puisse terminer mon aventure.

Demain est un autre jour.

X. Jour 7 : il est toujours trop tôt pour abandonner

« Avec tout ce qui est arrivé dans votre vie, vous pouvez pleurer sur votre sort ou bien percevoir ce qui vous est arrivé comme une occasion favorable. Tout ce qui advient peut être perçu soit comme une possibilité de croissance, soit comme un obstacle à votre développement. En définitive, c'est vous qui choisissez et personne d'autre. »
Wayne Dyer

6h. La douleur me réveille une nouvelle fois. Lucky n'a pas vraiment dormi, moi non plus d'ailleurs. La douleur m'a réveillé de nombreuses fois, et mon chien veillait sur moi. Aujourd'hui est l'une des plus longues étapes. Mon genou me fait toujours souffrir. Je décide d'être raisonnable, car le temps est toujours menaçant et je ne voudrais pas tomber une nouvelle fois. Je quitte le sentier pour trouver le premier village afin de voir un médecin ou une pharmacie. La ville la plus proche, Pastricciola, se trouve à 10 kilomètres d'ici. Je n'ai pas le choix, il va falloir une nouvelle fois faire appel à mon mental. Le gardien me donne une carte, que j'essaye de suivre pour ne pas me perdre et rajouter des kilomètres. Je remercie mes ange gardiens et prends la route. 3h plus tard, j'arrive enfin à destination. Après avoir fait le tour des médecins, l'un accepte de me recevoir. Il me rassure et me confirme que rien n'est cassé ; j'aurais simplement un bel hématome. Il me prescrit de la pommade et des antalgiques et ne m'empêche pas de continuer mon parcours. Je suis soulagée. Je décide de rejoindre l'étape de demain en taxi afin de m'éviter les deux plus longues étapes du parcours. Je suis déçue mais la douleur persiste et je ne veux pas qu'elle empire. Je me fais la promesse de revenir faire le GR20, mais accompagnée cette fois. Il me faut maintenant trouver un taxi qui acceptera de prendre Lucky pour nous emmener au refuge de Tighiettu. Le refuge n'est pas accessible en voiture, le taxi me déposera au plus près et il me restera finalement dix kilomètres pour atteindre le refuge.

Après deux ou trois refus, un taxi accepte de nous emmener. Il nous faudra 3h pour y arriver et une grosse partie de mon budget y est passée ! Il est 13h lorsque j'arrive à l'endroit le plus près accessible en voiture. Je me restaure et me repose avant de reprendre la route. La douleur s'est estompée grâce aux traitements, une belle frayeur ! Le temps n'est toujours pas clément, mais la visibilité bien meilleure qu'hier. Je reprends la route vers 14h. Après quelques égarements, j'arrive au refuge à 16h30. Après avoir monté ma tente et effectué mes emplettes quotidiennes (ce soir, ce sera plus light en vue de mon budget diminué de moitié par le taxi), je passe un moment de l'après-midi à téléphoner au prochain refuge où je devais séjourner pour déplacer ma réservation d'un jour, puisque j'ai pris de l'avance sur mon parcours. Par chance, il y a assez de place et je peux exceptionnellement déplacer ma réservation. Un gentil couple de trentenaires (encore !) ont gentiment accepté de me prêter leur téléphone. J'en profite pour rassurer ma famille. Même si le sevrage du téléphone me fait du bien, la prochaine fois, il faudra que je l'emmène. J'arriverai à Calenzana un jour plus tôt, mais en profiterai pour visiter et rejoindre lentement Calvi. J'avais décidé de rentrer par avion, car toutes les villes de Corse ne sont pas desservies par les lignes fluviales se rendant sur le continent. Le voyage ne durera seulement 2h, ce qui me permettra d'arriver assez tôt pour ma rentrée scolaire. Je dormirai dans un camping à Calvi. Il me reste beaucoup de plats lyophilisés, ils devraient me suffire à couvrir une partie de mes futurs repas. Il y a beaucoup de vasques à proximité du refuge et j'en profite pour me baigner, car il fait très chaud.

Je passe le reste de l'après-midi avec ce couple très sympathique et le courant passe tout de suite. Anna, la femme, est professeur des écoles. Lorsque je lui dis que ma mère l'est également, nous avons tout de suite un sujet de discussion. Ce sont des Niçois, et cela fait la deuxième fois qu'ils parcourent le

GR 20. La première fois dans le sens Nord-Sud, et la seconde fois dans le sens Sud-Nord. Amoureux de la région, ils me donnent toute sorte d'astuces et de conseils qui pourront me servir pour mon dernier jour. Le temps se gâte une nouvelle fois, et cette fois-ci, c'est une véritable tornade qui s'abat sur nous. Des tentes s'envolent, les éclairs fusent, la pluie tombe de plus en plus fort. Je me dépêche d'aller vérifier que dans ma tente tout va bien. Lucky est en boule à l'intérieur, terrorisé. Quelques piquets se sont arrachés, je me dépêche de les planter avant de me mettre à l'abri. Il ne manquerait plus que je prenne la foudre ! Finalement, une accalmie nous permet de manger tranquillement dehors, mais tout est humide et ce n'est pas très agréable. Cela risque d'être difficile de laver mes vêtements et de les faire sécher. Je décide de ne pas les laver en vue de la courte étape que j'ai effectué aujourd'hui. Je mange donc rapidement, dans l'espoir que l'accalmie dure jusqu'au coucher. Le vent souffle toujours et je suis fascinée par la rapidité des changements de temps en montagne. La nature vient nous rappeler que c'est elle qui a le contrôle, et j'apprécie ce moment de fraîcheur. Un spectacle d'éclairs accompagne le vent mais la pluie ne retombe pas jusqu'à la nuit. Il fait très froid et je dois pour la première fois sortir ma polaire. Après le repas, je me dépêche d'aller me laver, me brosser les dents et d'appliquer la crème sur mon genou. Je suis rassurée car il me fait beaucoup moins souffrir. Je vais pouvoir bien dormir.

XI. Jour 8 : un heureux hasard

« Ose le meilleur de ta vie car personne d'autre ne la vivra pour toi. » J. Salomé

6h. J'avais presque perdu l'habitude de me lever si tôt ! La nuit a été mouvementée et j'avoue avoir eu peur de l'orage. Heureusement que Lucky était là pour se serrer contre moi. J'enfile mes vêtements de randonnée, me passe de la crème sur le genou et sort prendre mon petit-déjeuner. L'herbe est humide et je vais devoir ranger la tente encore mouillée dans son sac. Je n'ai plus mal au genou, malgré l'hématome conséquent. Mon dos me tire un peu, mais je mets cela sur le compte du tapis de sol qui n'est pas très confortable. Mon sac de couchage lui, malgré son poids très léger et sa petite taille, est très chaud et convient parfaitement. Il m'a fallu me réhabituer au strict minimum et cela n'a pas été simple. L'atmosphère est vraiment humide et me déclenche une crise d'asthme. Heureusement, j'avais emporté mes médicaments de secours et j'arrive à calmer la crise rapidement. Un petit café, une barre de céréales et me voilà prête pour cette journée de 15,5 kilomètres jusqu'à Carrozzu.

La journée se déroule comme les précédentes : alternance de montées épuisantes, traversée de ruisseaux, longues descentes, crêtes, vues magnifiques, cailloux, temps changeant, passage sous les hêtres à l'ombre, chaleur, pause grignotage...

Plusieurs heures passées, j'aperçois enfin le refuge de Carrozzu. Ce dernier est très joli, fait de briques, le soleil reflétant sur les pierres leur donnent une couleur dorée. Je vais comme à mon habitude me présenter au gardien. Il est 14h et je n'ai pas encore mangé.

Durant mon périple, j'aurais pu dormir dans les refuges de nombreuses fois, mais du fait qu'ils n'acceptent pas les animaux, j'ai du monter la tente à chaque fois. Je n'ai rien à acheter car j'ai emporté avec moi trop de plats lyophilisés (ou alors j'ai trop souvent mangé au restaurant je ne sais pas...!) et veut les terminer.

Le gardien m'indique un sentier menant à un point d'eau, si je veux me baigner. Cela n'est pas tombé dans l'oreille d'un sourd et je vais me rafraîchir.

Je termine ma journée par un plat

lyophilisé sur la terrasse du refuge avec vue dans le vide... impressionnant. Pour le reste de la soirée, je décide de profiter de ma dernière nuit sur le GR et d'aller rencontrer un groupe de randonneurs que j'avais repéré plus tôt dans l'après-midi. Ils ont commencé l'apéritif par des bières corses et attaquent le muscat. Je me rapproche légèrement et déjà deux jeunes hommes me proposent de me joindre à eux. Ils ont l'air complices et le gardien les rejoint de temps en temps pour boire une ou deux gorgées de bière. Je m'assieds donc à leur table et les présentations commencent. Il y a dans le groupe 3 hommes et 2 femmes. La moyenne d'âge est de vingt- cinq ans. Nous passons une bonne partie de la soirée à échanger sur nos parcours, nos mésaventures et nos souvenirs qui resteront gravés à jamais dans nos mémoires. Le vin commence vite à faire son effet et nous rions à plein poumons. Nous décidons par la suite de jouer au tarrot (moi qui déteste les jeux de société et en particulier celui-là...). Il me faut faire un effort pour me lancer dans le jeu, mais je passe finalement une excellente soirée en leur compagnie. Cependant, quelque chose trouble mon attention. Depuis le début de la soirée, l'un des deux hommes m'ayant proposé de m'asseoir avec eux me fixe et cela me pèse. Je croise son regard à plusieurs reprises. Cette fois-ci, il se fige sur ce dernier. Mon cœur s'arrête. C'est un homme d'à peu près vingt-cinq ans. Il est grand et d'une carrure assez imposante, digne d'un joueur de rugby. Brun, une barbe de trois jours, des yeux bleus transperçants et une chemise moulante. Il ne m'a pas laissé indifférente lors de sa proposition, et son regard insistant me trouble davantage. J'essaie de ne pas y porter d'attention pour le reste de la soirée. Au fur et à mesure, les heures passent et les allers retours du gardien également. Je comprends par la suite que l'homme qui me fixe depuis le début de la soirée, Matias, est en fait le neveu du gardien et qu'il accueille ce soir ses amis venus faire le GR 20. Déception, Matias est Corse et nous ne nous reverrons jamais.

En fin de soirée, lorsque ses amis décident d'aller se coucher, je m'apprête à lui dire au revoir lorsqu'il me propose de rester en sa compagnie. Il est 0h, je me lève dans 6h... Cela n'a pas d'importance, je ne résiste pas à son regard perçant. Nous passons finalement la nuit à discuter sans pouvoir nous arrêter. Matias a voyagé dans les quatre coins du monde, a fait des études de sport de haut niveau (il est bel est bien rugbyman) et a en fait 27 ans. J'adore l'écouter me raconter ses nombreux voyages et ne voit pas le temps passer. Tout ce qui sort de sa bouche me passionne. Quelque chose de brûlant est en train de naître en moi. Je me surprends à plusieurs reprises en train de sourire bêtement en l'écoutant parler. J'aime sa manière de s'intéresser à moi et mes petites expériences qui ne sont rien à côté des siennes. Son intérêt au monde et à tout ce qui l'entoure. Son attrait pour le sport. J'ai le sentiment d'être enfin à ma place. Que j'ai trouvé la pièce manquante du puzzle. A chaque éclat de rire mon cœur s'emballe et sa voix me trouble. Je n'ai jamais ressenti ce que je suis en train de vivre à ce moment-là.

Il est finalement 4h lorsque je rejoins ma tente. Bouleversée par ce voyage et cette rencontre. Nous avons parlé comme si nous nous connaissions depuis toujours.

J'ai par-dessus tout aimé la délicatesse avec laquelle il a pris soin de m'embrasser sur la joue, même si recevoir un baiser de sa part ne m'aurait pas déplu.

Je ne parviens pas à trouver le sommeil. Je passe les deux heures restantes à repenser à cette soirée, un sourire accroché aux lèvres. Je sais que je ne le reverrai certainement jamais, mais cette rencontre m'a fait un bien fou.

XII. Jour 9 : objectif atteint

« Nulle pierre ne peut être polie sans friction. Nul homme ne peut parfaire son éxpérience sans épreuve. »
Confucius

6h. Je n'ai pas fermé l'oeil de la nuit. Mes yeux me piquent et je n'arrive pas à les ouvrir. Je me dépêche de me préparer car je dois parcourir 17 kilomètres pour arriver à Calenzana. Je ne sais pas comment je vais faire après ma nuit blanche. Je plie mes affaires et sors de la tente. En enfilant mes chaussures, je trouve à l'intérieur de ces dernières un numéro de téléphone accompagné d'un post-it. J'ai l'impression que le temps s'arrête. Je souris bêtement en espérant que ce soit Matias.

« Cela pourrait te servir, à bientôt, Matias ». Danse de la joie. Puis je réalise. Je ne comprends pas le sens de son mot, sachant que nous habitons à plus de 700 kilomètres l'un de l'autre. Je décide de lui laisser également mon numéro accompagné de mon prénom... On ne sait jamais.

Je reprends doucement le sentier du GR. Avec cette histoire, j'ai du perdre une bonne demi heure sur mes prévisions.

Le chemin n'est pas très stable et je dois me concentrer, avec la fatigue, je ne voudrais pas me faire mal encore une fois. Arrivée à la passerelle de Ladroncellu, Lucky refuse d'avancer. Il a le vertige et me fait le coup chaque fois qu'il faut traverser quelque chose d'étroit ou de pas très solide. En effet cette dernière est faite de grilles et sécurisée par deux cordes de chaque côté, ce qui n'est pas rassurant je l'accorde. Je dois alors traverser une première fois et déposer mon sac, puis revenir en arrière pour porter Lucky. 25 kilos, ce n'est pas une chose facile. Plusieurs fois des randonneurs se sont arrêtés pour m'aider à le porter.

J'ai rencontré des gens géniaux sur ce GR.

Après 1h45 de sentiers la route devient carrossable et j'en profite pour accélérer le pas. Je croise ensuite le gîte d'étape de la forêt et décide de me prendre un café et un croissant face au soleil. Petit plaisir du jour.

Quel bonheur de sentir la chaleur du soleil sur mon visage. Je ferme les yeux et souris. Je me sens bien. 30 minutes de pause plus tard, je reprends la route. Je croise de jolies cascades et la route est enfin goudronnée. C'est un bonheur d'y randonner. Le bruit des cascades est apaisant. Plaisir éphémère et de courte durée car je reprends un sentier rapidement. Un mal pour un bien, j'aperçois une magnifique vasque naturelle, l'eau est bleue et transparente. Sublime point de vue. Lucky en profite pour se rafraîchir, il se jette dans l'eau dès qu'il l'aperçois. Le voir heureux me rend heureuse. Le sentier continue par une grande ascension jusqu'au col de Corse. J'aime beaucoup les ascensions car elles sont souvent accompagnées de vues magnifiques. En arrivant au col, j'ai une vue exceptionnelle sur Calenzana, petit Village en flan de colline. Durant mon voyage j'ai pu observer des paysages extrêmement différents et splendides, je rentrerai le cœur et la tête pleins de souvenirs. J'ai pu capturer de nombreux paysages mais je n'ai pas pu capturer l'émotion que cela m'a apporté à chaque fois.

Pas de montée sans descente, j'emprunte le sentier qui descend jusqu'au village. J'arrive au portillon à l'entrée du village, il est 13 heures. Le village est vraiment mignon, il fait beau mais pas trop chaud.

Je décide de me rendre dans un camping à Calenzana. J'y passerai la nuit et irai à Calvi demain pour prendre l'avion. J'arriverai ainsi directement à Lyon. Je trouve un camping en bord de mer qui me plaît beaucoup. Par chance en Corse les campings n'effectuent que rarement de réservation et il leur reste un emplacement pour la nuit. Je m'installe comme à mon habitude, me fait à manger et me repose en début d'après-midi avant de passer le reste de la journée sur la plage. Le repos est mérité et me fait beaucoup de bien. Je repense à Matias et à son mot. Je trouve ma réponse froide et idiote. Je regrette presque de ne pas avoir emmener mon téléphone portable ! L'ambiance est différente que sur le GR et c'est finalement seule que je passerai la soirée. Ce n'est pas plus mal car je suis épuisée de mon parcours et de la nuit précédente. Je ne réalise pas encore que l'aventure est terminée et que je suis arrivée à bout de ce GR. Je m'endors plein de bonheur et de fierté. Plaisir du soir : je ne mettrai pas de réveil pour demain matin !

XIII. Jour 10 : retour à la réalité

« On ne grandit pas quand tout est facile. On grandit quand on surmonte les obstacles. »

J'ouvre les yeux doucement. Je regarde ma montre. 10 heures. Je la regarde une nouvelle fois et prend peur, je n'ai pas entendu mon réveil !

Je me rappelle ensuite que je suis arrivée à destination. J'ai fait le tour du cadran. Cela faisait bien longtemps que ça ne m'était pas arrivé. Aujourd'hui, je me rends à Calvi. J'ai jusqu'à 12h pour rendre mon emplacement. Je décide de prendre mon temps et de profiter de la mer ce matin. Je déjeunerai sur la plage et prendrai la route pour Calvi en début d'après-midi. J'avais prévu de prendre le taxi, mais en vue de mes dépenses précédentes je décide de prendre le bus. J'espère qu'ils accepteront mon chien. Pour la première fois du séjour je peux prendre mon temps pour m'habiller, manger mon petit déjeuner, me préparer. Mon avion décolle à 18 heures, il me faudra donc être à l'aéroport vers 16h. Je profite de mes instants de tranquillité et me dirige vers les autobus aux alentours de 13h. Le gardien du camping m'a expliqué dans quelle direction je dois prendre le bus et à quel endroit. Après quelques minutes de négociation avec le chauffeur, je lui raconte que je n'ai plus assez d'argent pour prendre le taxi et plus assez de temps pour y aller à pieds. Il finit par accepter que Lucky monte avec moi. J'arrive finalement à Calvi à 14h. Je visite un petit peu, puis décide d'acheter quelque chose à boire dans un bar aux alentours de l'aéroport en attendant l'embarcation. Ca y est, je réalise que l'aventure est terminée. Je félicite mon chien qui ne semble pas si fatigué que ça.

15H30, je me dirige vers l'aéroport et

commence à embarquer. Lucky fera le trajet en soute. Je n'aime pas trop l'idée que l'on soit séparés pendant le trajet, mais nous n'avons pas le choix. J'espère qu'il ne passera pas le trajet à aboyer. C'est ce qu'il fait généralement lorsqu'il se retrouve seul dans un endroit qu'il ne connaît pas. Tout se passe comme prévu, j'effectue les contrôles habituels et nous décollons à 18 heures. Le repas était compris dans mon billet d'avion. Il est servi vers 19h, dans des barquettes en carton. Le repas n'est pas digne des chefs étoilés, mais je prends plaisir à manger une entrée, un plat et un dessert. Je n'ai pas le temps de lire 30 pages lorsque l'on nous annonce que nous allons atterrir à St Exupéry et que nous devons attacher nos ceintures. Il est 21h15 lorsque nous touchons le sol continental. Il me faut du temps avant de récupérer mon sac et mon Lucky, et il est finalement 21h45 lorsque l'on rejoint ma mère et ma sœur qui gentiment sont venues nous chercher à l'aéroport. Lucky les repère de loin et tire sur la laisse, il aboie de bonheur. Je les retrouve enfin et pleure de joie de les serrer dans mes bras. Bonheur de retrouver l'odeur si familière de ma mère. Cela ne fait que 10 jours que je ne les ai pas vues, mais cela m'a paru être une éternité, d'autant plus que je n'avais pas de moyen de communication. Toutes mes émotions accumulées ressortent et je pleure à chaudes larmes. Lucky me saute dessus et me lèche. Nous l'avons fait. J'ai réalisé mon plus grand rêve. Je leur raconte mon périple pendant le trajet en voiture. Lucky s'installe à côté de moi, la tête posée sur mes genoux. Cela aura été épuisant pour lui aussi. Nous nous étions entraînés quelques mois avant le départ, mais nous n'étions pas habitués à un tel effort quotidien. Je suis fière de nous, et je sens que mes proches le sont également. J'ai hâte de retrouver mon chez moi et mon petit confort, car l'on ne s'habitue pas au tapis de sol, aux repas presque froids et modestes, aux douches froides, au sac de couchage et à la lessive à la main... Nous arrivons à la maison vers 23 heures et je suis épuisée. Je me dirige directement dans ma chambre et m'étend sur mon lit douillet. Quel bonheur ! Ma mère vient de changer les draps et je peux sentir l'odeur de la lessive. Je prends une douche chaude, enfile un pyjama propre et vais me coucher. Je suis aux anges. Il m'aura fallu cette expérience pour me rendre compte de la chance que j'ai de pouvoir dormir dans des draps propres et au chaud. Je m'endors en repensant à mon merveilleux voyage... et à Matias. Matias ! J'ai oublié de rallumer mon téléphone ! Je me relève précipitamment et cours vers mon portable pour l'allumer. 8 nouveaux messages, 4 appels manqués. Je regarde d'abord les messages. Des messages de mes amis qui s'inquiètent, de mes proches... et 2 d'un numéro inconnu ! Je vérifie sur mon petit papier que j'ai gardé, il s'agit du numéro de Matias. Mon cœur s'emballe. J'ouvre la conversation.

« Salut Maëlys, je me permets de t'écrire car j'ai vu ton post-it en me levant ce matin. J'ai passé une excellente soirée en ta compagnie et j'ai le sentiment que nous avons encore des choses à nous raconter. Je termine d'aider mon oncle au refuge le 31 août et commence mon nouveau poste sur le continent mi-septembre, à Montélimar. Contacte moi pour que nous puissions nous revoir. Je t'embrasse. Matias »

Je relis le message plusieurs fois. Je n'y crois pas. Il ne m'avait pas parlé de ce poste et nous n'avions pas évoqué l'avenir. Je suis surexcitée. Je m'empresse de lui répondre que je l'appellerai demain matin. Deux minutes plus tard, c'est de lui dont je reçois l'appel. La même voix grave et déstabilisante. Nous passons une heure au téléphone et convenons d'un rendez-vous très prochainement... Comme quoi, c'est lorsque nous nous y attendons le moins que nous rencontrons des personnes formidables. Pour la première fois de ma vie, je suis sereine. Mes précédentes relations n'étaient qu'un enchaînement de malheurs et de destruction mutuelle. J'ai appris de mes erreurs et veillerai à ne plus les reproduire. Je ne le connais pas encore parfaitement mais pourtant j'ai l'impression de le connaître depuis toujours. C'est finalement le sourire aux lèvres que je m'endors, confiante pour l'avenir.

XIV. Conclusion

« L'amour arrive au moment où il doit arriver, et s'en va au moment où il doit s'en aller. Quand il arrive, accueillez-le les bras ouverts. Lorsqu'il s'en va, remerciez-le d'être passé par là. »

Voilà exactement ma manière de penser aujourd'hui. Cela fait maintenant plus d'un an que j'ai cru que ma vie était finie. Que je ne m'en remettrai pas. Six mois plus tard, j'avais réalisé la plupart de mes rêves et j'étais debout, encore plus forte que jamais. C'est souvent lorsque nous pensons être au plus mal que nous trouvons en nous des forces inconsidérables. Ce voyage m'aura permis de me surpasser ; de toujours aller plus loin, même quand les jambes et la tête disent stop, même quand le cœur n'y est pas. Plusieurs fois je me suis demandé si j'avais fait le bon choix, si j'y arriverai. Puis je me rappelais pourquoi j'avais décidé de partir et me remotivais comme je le pouvais. J'ai beaucoup travaillé mon mental. J'ai appris à savourer chaque instant en vivant au plus près de la nature ; du lever du soleil à son coucher, le chant des oiseaux, les animaux sauvages la nuit, une cascade sous 30 degrés... J'ai réappris à m'émerveiller d'un petit rien, un écureuil, un mouton, une étoile filante...

J'ai compris que le bonheur commençait à la sortie de sa zone de confort et que j'avais énormément de chance d'avoir ce confort. J'ai rencontré des personnes extraordinaires, les corses, les randonneurs, tous étaient très souriant, chaleureux, ils m'ont encouragé, aidé, remonté le moral. Nous avons pu échanger sur des sujets extrêmement variables et j'ai trouvé cela très enrichissant. J'ai réappris à aimer l'autre, à sourire à un inconnu, à être courtoise. Chose que nous ne connaissons plus dans le quotidien.

J'ai surtout appris à me débrouiller seule, à me repérer avec une carte sans GPS. Par-dessus tout j'ai grandi, mûri. Le fait de me retrouver seule face à moi-même m'a permis de connaître une partie de moi que j'ignorai.

Depuis maintenant 1 an, je suis infirmière à Montélimar. Avec Matias, nous avons pris le temps de nous apprivoiser, de nous connaître et nous avons construit ensemble un nid d'amour à notre image. Nous partageons la passion de la moto et nous vivons chaque jour comme une fête. Je n'irai pas jusqu'à dire que nous n'avons pas rencontré de difficulté, mais nous filons le parfait amour et depuis son retour de Corse, nous ne nous sommes plus quittés. Je n'aurais jamais imaginé trouver l'amour là-bas, moi qui pensais ne plus pouvoir aimer, ne plus rien avoir à donner. Je me suis reconstruit toute seule pendant de longs mois et depuis, il m'aide à consolider tout ce que j'ai réparé. J'ai appris à lui donner tout mon amour et ma confiance, une chose encore impensable il y a quelques mois. « Prends le risque ou perds ta chance ». Il faut affronter ses peurs. La mienne était de faire confiance, et chaque jour je lui en accorde un peu plus. Je me couche chaque soir en remerciant la vie de l'avoir mis sur mon chemin. Je suis de ces personnes qui pensent que rien n'arrive par hasard. Matias est arrivé au moment opportun, là où je ne m'y attendais le moins. Je suis donc infirmière dans un service de pédiatrie, j'ai réalisé mon projet professionnel et m'épanouis dans mon travail. Je me lève chaque jour heureuse d'y retourner, et satisfaite de ce que j'ai pu apporter à mes petits patients lorsque je quitte mon poste. Cela n'est pas toujours évident moralement, mais je m'appuie sur mes ressources lorsque le moral me laisse tomber. Je continue le triathlon dans un club, et prépare une compétition d'ici la fin de l'année scolaire. J'ai des projets plein la tête, autant personnels qu'avec Matias. Si tout va bien, nous allons partir en Nouvelle-Calédonie d'ici quelques mois. Je vis un jour après l'autre et j'essaie de ne plus regarder ni hier ni demain. Je ne dis pas que ce que j'ai fait est facile. Ne pas écouter sa tête qui nous hurle d'arrêter, que nous n'en sommes pas capable, que c'est impossible... Avoir le courage de partir seule, de remonter la pente, de se remettre en question. Cela a été très difficile de comprendre que mes seules barrières, mon plus gros obstacle, c'était ma tête. Peut-être que certains me trouveront naïve. Trop jeune. Immature. Je ne pense pas que ce soit l'âge qui forge notre maturité, mais bien plutôt ce que nous avons vécu dans notre vie. J'ai seulement décidé de changer de mentalité. De voir le verre a moitié plein, plutôt qu'à moitié vide. D'arrêter de m'apitoyer sur mon sort, car cela ne change rien, cela nous enferme juste dans un cercle vicieux dont il est difficile de sortir. Je n'ai pas écrit ce livre dans le but de changer les gens ou leur manière de penser. J'ai simplement l'espoir d'apporter une petite lumière dans ce monde toujours plus sombre.

Dans ce monde où nous n'avons pas le temps de prendre soin de nous, où nous sommes happés par toute sorte de réseaux sociaux censés nous relier...et qui finalement nous délient. Combien de fois me suis-je retrouvée au milieu d'amis, chacun sur son téléphone, sans se parler...

« Le jour où je me suis aimé pour vrai,
J'ai compris qu'en toutes circonstances,
J'étais à la bonne place, au bon moment.
Et, alors, j'ai pu me relaxer.
Aujourd'hui je sais que ça s'appelle…

Estime de Soi.

Le jour où je me suis aimé pour vrai,

J'ai pu percevoir que mon anxiété et

Ma souffrance émotionnelle,

N'étaient rien d'autre qu'un signal

Quand je vais contre mes convictions.

Aujourd'hui je sais que ça s'appelle…..

Authenticité.

Le jour où je me suis aimé pour vrai,

J'ai cessé de vouloir une vie différente

Et j'ai commencé à voir que tout ce qui

m'arrive,

Contribue à ma croissance personnelle.

Aujourd'hui je sais que ça s'appelle….

Maturité.

Le jour où je me suis aimé pour vrai,

J'ai commencé à percevoir l'abus dans

Le fait de forcer une situation, ou une

personne,

Dans le seul but d'obtenir ce que je

veux,

Sachant très bien que ni la personne ni

moi-même

Ne sommes prêts et que ce n'est pas le

moment…..

Aujourd'hui je sais que ça s'appelle….

Respect.

Le jour où je me suis aimé pour vrai,

J'ai commencé à me libérer de tout ce

Qui ne m'était pas salutaire….

Personnes, situations, tout ce qui

Baissait mon énergie.

Au début, ma raison appelait ça de l'égoïsme.

Aujourd'hui je sais que ça s'appelle….
Amour Propre.

Le jour où je me suis aimé pour vrai,

J'ai cessé d'avoir peur du temps libre

Et j'ai arrêté de faire de grands plans,

J'ai abandonné les mégaprojets du futur.

Aujourd'hui je fais ce qui est correct, ce que j'aime,

Quand ça me plait et à mon rythme.

Aujourd'hui je sais que ça s'appelle….
Simplicité.

Le jour où je me suis aimé pour vrai,

j'ai cessé

De chercher à toujours avoir raison, et me suis

Rendu compte de toutes les fois ou je me suis trompé.

Aujourd'hui j'ai découvert...

L'Humilité.

Le jour où je me suis aimé pour vrai, j'ai cessé

De revivre le passé et de me préoccuper de l'avenir.

Aujourd'hui je vis au présent,

Là où toute la vie se passe.

Aujourd'hui je vis une seule journée à la fois

Et ça s'appelle.....

Plénitude.

Le jour où je me suis aimé pour vrai,

J'ai compris que ma tête pouvait

Me tromper et me décevoir.

Mais si je la mets au service de mon

cœur

Elle devient une alliée très précieuse

Tout ceci est….

Savoir Vivre.

Nous ne devons pas avoir peur de nous

confronter….

Du chaos naissent les étoiles.

Aujourd'hui je sais que ça s'appelle…

La Vie ! »

Texte de Kim Mc Millen, lu par Charlie

Chaplin le 16 avril 1959 lors de son 70e

anniversaire.

Edition : BoD - Books on Demand
12/14 rond-point des Champs Elysées, 75008 Paris
Imprimé par Books on Demand GmbH, Norderstedt, Allemagne
ISBN : 9782322099573
Dépôt légal : janvier 2018